推薦序一

想像力讓我們超越日常的艱難

這是一本美麗的書,構圖精美、色彩艷麗、造型突出、生動鮮明。

這又不止是一本美麗的書,故事有趣,且含深意,可以引發讀者們的思考。

當我讀著這本書的時候,就想起了兒童文學經典名著《布魯克林有棵樹》中的母親瑪麗‧羅姆利對女兒說的話:

「孩子必須有想像力,想像力是無價之寶。孩子必須有一個秘密世界,那裡住著世間不存在的東西。她得相信這個秘密世界,這很重要。她得從相信這個不真實的秘密世界開始。這樣,當世界變得太醜陋,無法生活時,孩子就可以回頭生活在她的想像中。⋯⋯心中有這些東西,我才能超越日常的艱難困苦。」

我希望所有父母和孩子讀這本書的時候,都會有這麼樣的感覺。

現在,讓我們一起來揭開這本書,好好地一讀、再讀吧,並且衷心地感謝創意與才華非常傑出的作者與出版人。

周蜜蜜　香港兒童文學作家

推薦序二

傳言如蒲公英，隨風撒播

《貓鎮》道出了現代人經常面對的困境，
就是恐懼如何透過未可知的事物在內心滋長。

面對恐懼，有時我們會手足無措，甚至會嘗試創造一個新的符號，
將恐懼化為膜拜的對象。

活在陰影之下，恐懼會得寸進尺，透過群體擴散開去。
它會改變我們的面貌，蠶食我們的心靈，令我們忘記自己是誰。

貓鎮的貓咪究竟最終如何發現「夜神獸」的真實面貌？
我們如何走出因恐懼而自設的界限？

本書風格突出，以簡潔的敘事手法，尤如當頭棒喝，
把恐懼帶來的荒謬呈現在我們眼前。

黃照達　漫畫家

貓鎮

STELLA LAM 文/圖

貓鎮的夏天一如往常。

鎮上綠樹青青，鳥兒歌唱，
花朵開滿了院子。
貓咪們忙忙碌碌，過著自己的日子。

誰ㄕㄟˊ也ㄧㄝˇ說ㄕㄨㄛ不ㄅㄨ清ㄑㄧㄥ， 那ㄋㄚˋ個ㄍㄜˋ傳ㄔㄨㄢˊ言ㄧㄢˊ是ㄕˋ怎ㄗㄣˇ麼ㄇㄜ來ㄌㄞˊ的ㄉㄜ。

它ㄊㄚ就ㄐㄧㄡˋ像ㄒㄧㄤˋ初ㄔㄨ夏ㄒㄧㄚˋ的ㄉㄜ蒲ㄆㄨˊ公ㄍㄨㄥ英ㄧㄥ， 隨ㄙㄨㄟˊ風ㄈㄥ撒ㄙㄚˇ播ㄅㄛˋ，
吹ㄔㄨㄟ進ㄐㄧㄣˋ了ㄌㄜ所ㄙㄨㄛˇ有ㄧㄡˇ貓ㄇㄠ咪ㄇㄧ的ㄉㄜ耳ㄦˇ朵ㄉㄨㄛ裡ㄌㄧˇ。

橘貓家的貯藏室，
一夜之間就被吃空了！

你聽說了嗎？
鎮上來了妖怪！

9

鎮上怪事連連，
關於妖怪的新聞很快
登上了《貓報》。

貓心惶惶，驚恐不安的氣氛籠罩著貓鎮。
街上冷冷清清，商店都早早關了門。

貴族貓咪召開了圓桌會議，
商量對策。

布偶貓說， 應該徵集全鎮的虎斑貓，
把妖怪揪出來！

藍貓不同意。
虎斑貓雖然勇猛，
但妖怪法力強大，
就算用了貓海戰術也未必能贏。

「 最好， 還是不要激怒妖怪。 」
波斯貓沉思著說。

為了長久的穩定和安全，
不但不能得罪，
還要千方百計地討好好！

重金請來的畫家
開始工作。
鎮上很快掛起了
妖怪的畫像。

啊，不……

「妖怪」兩個字已經
被禁止了。

如今所有貓咪都要畢恭畢敬，
稱他做「夜神獸」。

全鎮掀起了一股神獸熱潮。

夜神獸喜歡什麼？討厭什麼？

居民小心翼翼地打聽著。

夜神獸降臨，有什麼光榮使命？

將引領小鎮迎來怎樣的發展？

專家學者煞有介事地研究著。

貓鎮的商店裡，
擺滿了「夜神獸」
的雕塑和畫像。

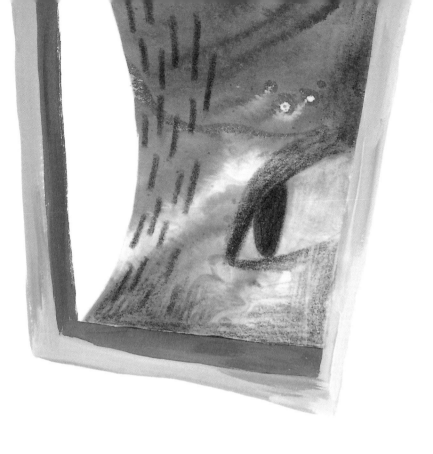

按照貴族貓咪的講法，
這不是一般的裝飾品，
而是神像。
家家戶戶都要買回去，
供奉起來。

夜神獸是高於一切的。

為了表示臣服， 貓咪們先是在衣領佩上了
神獸像， 後來又繫上了神獸巾。

終於有一天， 部分老貓幼貓，
都戴上了神獸面具。

放眼望去， 幾乎所有的貓咪都一模一樣。

夏夜裡，
大家點起篝火，齊齊跳起了神獸舞。
貓咪們跳得那樣投入，以致連他們都相信
了自己對可怕的夜神獸的確是無限敬愛。

然而夜神獸始終沒有現身。

整個夏天，夜裡的怪響愈來愈猖獗，
愈來愈多的貯藏室被洗劫一空，
愈來愈多的貓寶寶被咬傷……

遊客早已消失， 商旅也不敢再來，
秋葉凋零， 雜草枯黃，
昔日的美好家園已面目全非。

直到有一晚，一隻小貓從睡夢中醒來。
他臨睡前偷喝了兩瓶汽水，半夜要去廁所，
卻突然聽到了外面的怪響。

儘管爸爸一再提醒：「萬萬不能招惹神獸！」
媽媽千叮萬囑：「半夜聽見什麼，都別去管！」
……但小貓還是忍不住好奇。

夜神獸，
到底是什麼樣的呢？

別讓內心的怪獸壯大起來

這個故事的靈感源自於日常生活中的種種擔憂和恐懼。

恐懼很多時來自於無知與陌生。當我們身處局外時,我們可以清晰地看到一切,
也能冷靜地面對危機。但如果我們能化身成城市中的貓咪,真正置身於危機之中,
目睹著貓群的各種行為,我們是否還會覺得牠們的行為瘋狂?

現在,讓我們轉換場景,回到這個真相和謊言模糊的時代,我們是否能保持冷靜地
看待日常生活中的種種恐慌?

在創作的過程中,我也不斷克服自己的恐懼,每當我開始對創作失去信心時,便會
提醒自己別讓內心的怪獸壯大起來。面對自身的苦難或世界的荒誕,我們或無能改
變,卻總能控制對恐懼的態度。

願《貓鎮》的寓意能植根於讀者心中。

Stella Lam

作者簡介

Stella Lam

大學時主修藝術，現為全職插畫創作者的Stella，從小對繪本著迷，

近年著力探索不同媒介，以創作故事的方式表達自己。

她深信創作具有超越喜悲的精神價值，

並希望透過創作和想像力來建立無限延展的心靈空間。

貓鎮

文 · 圖｜Stella Lam
責任編輯｜吳凱霖
執行編輯｜謝傲霜
編輯｜陸悅
注音校對｜莊淑婉
設計排版｜Jo
出版｜希望學 / 希望製造有限公司
印製發行｜秀威資訊科技股份有限公司
總經銷｜聯合發行

希望學

社長｜吳凱霖
總編輯｜謝傲霜
地址｜臺北市大同區民生西路404號2樓
電話｜02-2546 5557
電子信箱｜hopology@hopelab.co
Facebook｜www.facebook.com/hopology.hk
Instagram｜@hopology.hk

出版日期｜2023年12月
版次｜第一版
定價｜380新台幣
ISBN｜978-626-97512-5-9

國家圖書館出版品預行編目(CIP)資料

貓鎮/Stella Lam文.圖. -- 第一版. -- 臺北市：希望學, 希望製造有限公司,
2023.12　面；　公分
國語注音
ISBN 978-626-97512-5-9(精裝)
859.9　　112018493